U0775187

幽韵雅集·古诗词选

雪旷

天涯霜雪霁寒宵

唐婷婷 编著

陕西新华出版传媒集团
太白文艺出版社

图书在版编目（CIP）数据

雪旷 : 天涯霜雪霁寒宵 / 唐婷婷编著. -- 西安 : 太白文艺出版社, 2020.8
（幽韵雅集·古诗词选 / 李路主编）
ISBN 978-7-5513-1846-4

Ⅰ. ①雪… Ⅱ. ①唐… Ⅲ. ①古典诗歌一诗集一中国 Ⅳ. ① I222

中国版本图书馆 CIP 数据核字（2020）第 080306 号

雪旷：天涯霜雪霁寒宵
XUEKUANG:TIANYA SHUANG XUE JI HANXIAO

主　　编　李　路
作　　者　唐婷婷
责任编辑　李明婕　惠安琪
装帧设计　钟文娟　刘昌凤
出版发行　陕西新华出版传媒集团
　　　　　太白文艺出版社
经　　销　新华书店
印　　刷　河北环京美印刷有限公司
开　　本　787mm×1092mm　1/32
字　　数　76 千字
印　　张　6.5
版　　次　2020 年 8 月第 1 版
印　　次　2020 年 8 月第 1 次印刷
书　　号　ISBN 978-7-5513-1846-4
定　　价　49.80 元

联系电话：029-81206800
出版社地址：西安市曲江新区登高路 1388 号（邮编：710061）
营销中心电话：029-87277748　029-87217872

总序

行幽韵之事，博雅趣之长

李路

有书云：香令人幽，酒令人远，茶令人爽，琴令人寂，棋令人闲，剑令人侠，杖令人轻，麈令人雅，月令人清，竹令人冷，花令人韵，石令人隽，雪令人旷，僧令人淡，蒲团令人野，美人令人怜，山水令人奇，书史令人博，金石鼎彝令人古。

说尽世间之『韵』事也。

古典诗词蕴含着中华民族千年文化的基因，从中国诗歌的滥觞《诗经》开始，绵延不绝，形成了楚辞、唐诗、宋词、元曲等一座座高峰。这些跨越千年的文字，如那亘古沉静的璀璨星辰，点亮中华文明的发展历程，使之流光溢彩、熠熠生辉。

曾几何时，我们跟随苏子瞻共吟『莫听穿林打叶声，何妨吟啸且徐行。竹杖芒鞋轻胜马，谁怕？一蓑烟雨任平生』，千古洒脱、百世豁达；跟随李太白同问『青天有月来几时，我今停杯一问之』，豪放俊迈、浪漫飘逸；跟随王摩诘共奏『独坐幽篁里，弹琴复长啸』，诗卷漫天，物我两忘；跟随李易安同叹『醉里插花花莫笑，可怜春似人将老』，真挚庄雅，婉丽哀伤；跟随纳兰容若共愁『西风多少恨，吹不散眉弯』，哀感顽艳，格高韵远……这些熟悉的文字，勾勒出一圈圈唯美的时光年轮，伴随我们安静地与岁月对话。

古人善雅事，『纸帐梅花，休惊他三春清梦；笔床茶灶，可了我半日浮生』『灯下玩花，帘内看月，雨后观景，醉里题诗，梦中闻书声，皆有别趣』。

据此，择香、酒、茶、琴、棋、剑、杖、麈、月、竹、花、

石、雪、僧、美人、山水、书史、金石相应清诗雅词，辑为小集，名『幽韵雅集』，行幽韵之事，博雅趣之长。

让我们在这些文字中赏松阴花影的静谧，山月美人的清魂，拨弦烹茶的惬意，采菱秋水的灵动。听琴声悠扬，行笔墨流转，品人间雅趣。

三千年来的古诗词，浩如烟海，编者在辑选过程中，以意境美、文字美、韵律美为择选的标准。在鉴赏时，不求全析，只求共鸣，用感发人心的淡美文字对其解析。

本辑精选齐白石、吴湖帆、溥儒、石涛、傅抱石、黄宾虹、于非闇、陈少梅、张石园、吴昌硕等大师的绘画作品，文、图、鉴意境融合，辉映共生。

同时，编者严选底本，精心校注，展现经典本来的面貌。

在编排过程中，本辑提取诗词名字的首字部首，

并依据《汉字部首表》，按照笔画数由少到多的次序进行排序。但因编排体例的限制，笔画数相同的以及起笔笔形相同的，不再遵循横（一）、竖（丨）、撇（丿）、点（丶）、折（乛）的顺序排列，而按照各诗词不同意境依次排序。

因能力有限，在成书过程中，未免有鲁鱼亥豕之讹，敬请各位读者不吝指正。

二〇二〇年五月

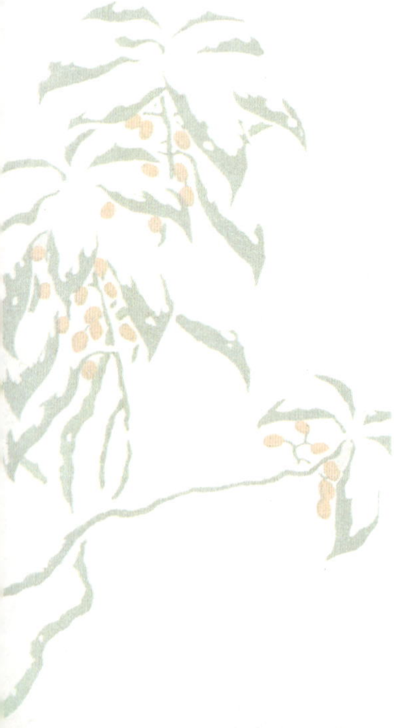

自序

从古至今，雪一直是文人墨客的心头之好。雪花带着诗人的情感，穿过历史的长河翩然而至，落入我们的眼中、心中。『六出飞花入户时，坐看青竹变琼枝。』诗人们从不吝啬对雪的赞美，雪花纷扬而落，天地陷入一片沉寂，在这纯白的世界里，一切浮躁、不安皆化为安宁。

『梅须逊雪三分白，雪却输梅一段香。』雪与梅是寂寞冬日永恒的主题。多情的诗人、词人们总爱将雪与梅联系起来。雪花落下时，文人们总是踏雪寻梅，享受自然给予的美的馈赠。

『晚来天欲雪，能饮一杯无？』飘雪的冬天难免寒冷，每当这时，古人们总爱煮一壶热热的酒或茶，叫上三五好友，不仅忘却了冬日的寒冷，也消解了冬日里的寂寞。

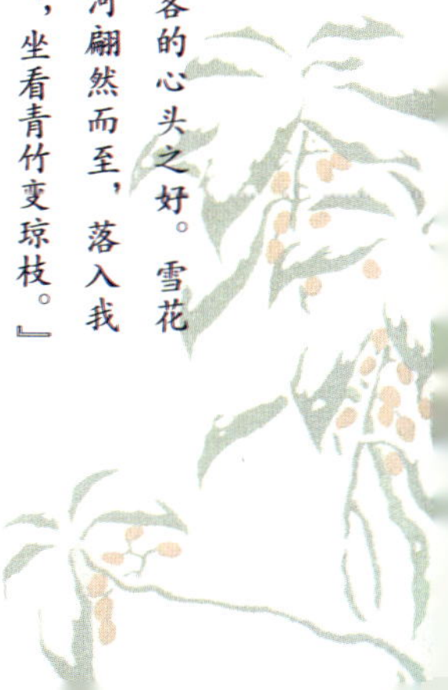

『日短天寒愁送客，楚山无限路迢迢。』离别一直是一件悲伤的事情，在交通不便的古代更是如此。惜别之后，再见不知又是何时。而雪中送别，更添了一丝萧索。雪后的路最是难行，又让诗人们为离人添了一分牵挂。

而边塞诗人对雪却是又爱又恨。雪不仅有着『忽如一夜春风来，千树万树梨花开』的美，也有着『燕山雪花大如席，片片吹落轩辕台』的寒。在常年飘雪的边塞，雪让征人们的生活更加艰辛，亦增添了对故乡与故人的思念。

无论是哪一种雪，都给人们带来了美的感受与慰藉，让文人骚客留下了流传千古的诗篇。我愿采撷如花海一样诗篇中的几朵，与同样爱雪的你同赏。

二〇二〇年四月

目录

·一笔画·

一。

·三笔画·

工

宀

扌

艹

寸

大

忄。

辶。

·四笔画·

禾

鸟

衤

立

癶

·六笔画·

虍

虫

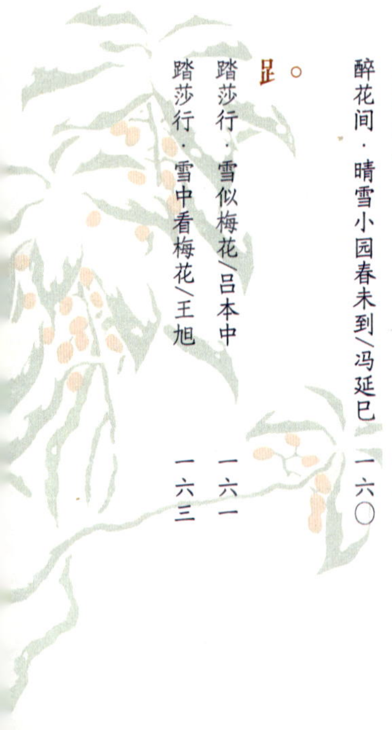

·八笔画·

雪旷

天涯霜雪霁寒宵

雪旷

雪令人旷

于中好·握手西风泪不干

［清］纳兰性德

握手西风泪不干。年来多在别离间。
遥知独听灯前雨，转忆同看雪后山。
凭寄语，劝加餐。桂花时节约重还。
分明小像沉香缕，一片伤心欲画难。

◎纳兰性德，字容若，号楞伽山人，清朝词人。词风清丽婉约。

◎《丁中好·握手西风泪不干》：一作《鹧鸪天·握手西风泪不干》。

◎离别总是让人心碎，与你一起雪后看山成了我最美的回忆。只愿你一切都好，下次再见时，还是最好的模样。

◎五更十首·选一

［宋］仇远

炉藏火尚红，
雪映窗已白。
梦游无色界，
不知身是客。

◎仇远，字仁近，宋代文学家、书法家。

◎五更，还能感受到炉火的温暖，白雪将窗户映得微亮。睡梦中没有了客居他乡的怆然，一切都是那样宁静、美好。

◎东风第一枝·咏春雪

【宋】史达祖

巧沁兰心，偷黏草甲，东风欲障新暖。
漫凝碧瓦难留，信知暮寒轻浅。
行天入镜，做弄出、轻松纤软。
料故园、不卷重帘，误了乍来双燕。

青未了、柳回白眼。
红欲断、杏开素面。
旧游忆著山阴，厚盟遂妨上苑。
寒炉重暖，便放慢春衫针线。
恐凤靴，挑菜归来，万一灞桥相见。

◎史达祖，字邦卿，号梅溪，南宋婉约派词人，其词作风格工巧，推动宋词走向基本定型。

◎早春，还有着浅浅的寒意。春雪轻柔纤软地降落人间，却勾起了我对故乡的思念。想必此时，故乡应该寒冷依旧，还未进入春天。

◎更漏子·雪藏梅

〔宋〕晏殊

雪藏梅，烟著柳。依约上春时候。
初送雁，欲问莺。绿池波浪生。
探花开，留客醉。忆得去年情味。
金盏酒，玉炉香。任他红日长。

◎晏殊，字同叔，北宋著名文学家、政治家。以词著于文坛，尤擅小令，风格含蓄婉丽。

◎梅枝上还留着残雪，柳树与黄莺已带来春的信息。还记得去年欢聚，探花、饮酒，好不欢畅。如今只能独自对着酒杯，焚一炉幽香，任他红日长。

◎开元乐

［五代］李煜

心事数茎白发，
生涯一片青山。
空山有雪相待，
野路无人自还。

◎李煜，字重光，号莲峰居士。他精书法、工绘画、通音律，诗文均有一定造诣，尤以词的成就最高。

◎满腹心事催白了头发，这一生的坎坷，让你的心境悲凉如空山之雪。尽管这漫漫前路让你害怕迷惘，但你不得不独自前行。

◎天山雪歌送萧治归京

[唐]岑参

天山有雪常不开，千峰万岭雪崔嵬。
北风夜卷赤亭口，一夜天山雪更厚。
能兼汉月照银山，复逐胡风过铁关。
交河城边飞鸟绝，轮台路上马蹄滑。

晻霭寒氛万里凝，阑干阴崖千丈冰。

将军狐裘卧不暖，都护宝刀冻欲断。

正是天山雪下时，送君走马归京师。

雪中何以赠君别，惟有青青松树枝。

◎岑参，唐代诗人，边塞诗佳作尤多，与高适并称“高岑”。

◎“飞鸟绝”：一作“鸟飞绝”。

◎天山的雪，总是终年不化，银装素裹。天山的寒冷最是难耐，却抵挡不住戍边将士的报国豪情。

◎天净沙·冬

［元］白朴

一声画角谯门，
半庭新月黄昏，
雪里山前水滨。
竹篱茅舍，
淡烟衰草孤村。

◎白朴，字太素，号兰谷。元代著名的杂剧作家，“元曲四大家”之一。

◎暮色中，城门上传来悠远哀婉的号角声。一弯新月，照亮了半方庭院、一脉雪山、一溪清泉。不远处，一座竹篱茅舍的孤村，升起几缕淡淡的炊烟。

◎临江仙·寒柳

【清】纳兰性德

飞絮飞花何处是，层冰积雪摧残。

疏疏一树五更寒。

爱他明月好，憔悴也相关。

最是繁丝摇落后，转教人忆春山。

湔jiān裙梦断续应难。

西风多少恨，吹不散眉弯。

◎冰雪摧残了柳絮飞花，我又思念起当年的那个女子，只是伊人已去，我的心中只有挥不去的相思与忧愁。

◎临江仙·资善堂中三十载

〔宋〕晏殊

资善堂中三十载，旧人多是凋零。
与君相见最伤情。一尊如旧，
聊且话平生。
此别要知须强饮，雪残风细长亭。
待君归觐九重城。帝宸思旧，
朝夕奉皇明。

◎故友已大多过世了，此次相见让我伤感。你与我把酒言欢，还与过去一样。只是相聚太短，我们终究还是要在雪残风细的长亭道一声再见。愿不久的将来，你能再次归来，与我重逢。

◎临江仙·庭院深深深几许

［宋］李清照

庭院深深深几许？云窗雾阁常扃jiōng。

柳梢梅萼渐分明。

春归秣陵树，人老建康城。

感月吟风多少事，如今老去无成。

谁怜憔悴更凋零。

试灯无意思，踏雪没心情。

◎李清照，号易安居士，宋代女词人，婉约词派代表，有“千古第一才女”之称。

◎回忆往昔，年少时经常吟诗弄月，自命风流。现如今，流落异乡，年华已老。只愿幽闭于深深庭院，不知墙外几时春至。曾经最爱试灯、踏雪，如今却再难捡起这份雅兴。

◎九月五日初雪

【清】吴锭

渐觉重阳近，东篱菊绽初。
秋风吹落叶，大雪到寒庐。
宋玉悲遥夜，袁安怅索居。
乾坤银一片，图画恐难如。

◎吴锭，字握之。著有《耳山堂诗草》。

◎深秋时节，大雪已早早飘落。天地之间一片银白，美如仙境。想要留下这份美丽，却画不出这幅丹青。

重送绝句

〔唐〕杜牧

绝艺如君天下少，
闲人似我世间无。
别后竹窗风雪夜，
一灯明暗覆吴图。

杜牧，字牧之，号樊川居士。诗歌以七言绝句著称，其诗内容丰富、众体兼备。多切经世之物，在晚唐成就颇高。

一别经年，时常忆起与你对弈，我叹你棋艺无双，亦笑我是世间闲人。如今窗外风雪连天，却只有我一人对着棋谱品着寂寞。

◎重游曲江

【唐】韩偓

追寻前事立江汀，渔者应闻太息声。
避客野鸥如有感，损花微雪似无情。
疏林自觉长堤在，春水空连古岸平。
惆怅引人还到夜，鞭鞘风冷柳烟轻。

◎韩偓，晚唐诗人，字致光，号致尧，晚年又号玉山樵人。擅写宫词，词藻华丽，人称“香奁体”。

◎立于江岸，回首往事，不禁深深叹息。而天空却无视我的忧愁，飘起小雪。眼前长堤古岸依旧，我却在这凛冽的寒风中惆怅到深夜。

◎书愤

［宋］陆游

早岁那知世事艰，中原北望气如山。
楼船夜雪瓜洲渡，铁马秋风大散关。
塞上长城空自许，镜中衰鬓已先斑。
出师一表真名世，千载谁堪伯仲间！

◎陆游，字务观，号放翁。其诗词语言平易晓畅，章法整饬谨严，尤以饱含爱国热情对后世影响深远。

◎还记得年少时，书生意气，豪气干云，只愿快意征战报家国。而如今壮志未酬鬓已白，曾经的誓言尚未实现，如何不让人悲愤苦闷！

◎十二月十五夜

[清] 袁枚

沉沉更鼓急，
渐渐人声绝。
吹灯窗更明，
月照一天雪。

◎袁枚，字子才，号简斋。乾嘉时期代表诗人之一，倡导“性灵说”，与赵翼、蒋士铨合称“乾隆三大家”。

◎夜已深，人已静，你细数着远处传来的断断续续的更鼓声。窗外的白雪与月光点亮了夜色，也安定了你的心。

◎别董大二首·选一

［唐］高适

千里黄云白日曛，
北风吹雁雪纷纷。
莫愁前路无知己，
天下谁人不识君。

◎高适，字仲武，唐朝边塞诗人，著有《高常侍集》。

◎尽管屋外黄云遮日，大雪纷纷，但请不要为了离别愁苦。且相信，尚有知己在前路。

◎别诗二首·其一

【南北朝】范云

洛阳城东西，
长作经时别。
昔去雪如花，
今来花似雪。

◎范云，字彦龙。南北朝时期文学家。《诗品》评其诗为“清便宛转，如流风回雪”。

◎很多时候，我们同住一城，却难以相聚。还记得上次离别时，雪花飞舞。如今再见时，已花团锦簇，一如我此刻的心情。

◎上林春令·十一月三十日见雪

［宋］毛滂

蝴蝶初翻帘绣，万玉女、齐回舞袖。
落花飞絮蒙蒙，长忆著、灞(bà)桥别后。
浓香斗帐自永漏，任满地、月深云厚。
夜寒不近流苏，只怜他、后庭梅瘦。

◎毛滂，北宋词人，字泽民。其诗词被时人评为“豪放恣肆”“自成一家”。

◎纷飞的白雪，像翻穿绣帘的蝴蝶，像天女挥舞的长袖，而我的心却在思念着你。梅花的清香自窗外飘来，我在温暖的流苏帐中，不知后庭梅花被风雪吹落了多少？

◎卜算子·雪月最相宜

【宋】张孝祥

雪月最相宜，梅雪都清绝。
去岁江南见雪时，月底梅花发。
今岁早梅开，依旧年时月。
冷艳孤光照眼明，只欠些儿雪。

◎张孝祥，字安国，别号于湖居士，南宋词人、书法家。善诗文，尤工词，风格宏伟豪放，为“豪放派”代表作家。

◎素雪、明月、幽梅，拼起了冬日最美的风景。去岁惊鸿一瞥自难忘，今岁却独缺白雪，怎会无憾？

◎卜算子·重重雪外山

［宋］蔡伸

重重雪外山，渺渺烟中路。
路转山横无尽愁，正是分携处。
望极锦中书，肠断鱼中素。
锦素沈沈两未期，鱼雁空相误。

◎蔡伸，宋代词人，字伸道，号友古居士。擅书法，工词。

◎雪后群山，重重叠叠，远去的路，消失在烟霞之中。与你别后，我的心中有着无尽的忧愁。翘首期盼，却迟迟未等到你的来信。

◎从军行

［唐］杨炯

烽火照西京，心中自不平。
牙璋辞凤阙，铁骑绕龙城。
雪暗凋旗画，风多杂鼓声。
宁为百夫长，胜作一书生。

◎杨炯，字令明，唐代诗人。善写散文，尤擅诗歌，与王勃、卢照邻、骆宾王并称“初唐四杰”。

◎边塞的战报传到长安，我的心绪久久不能平静。我愿弃笔从戎，远赴沙场，不惧风雪，为国冲锋陷阵。

◎从军北征

【唐】李益

天山雪后海风寒，
横笛偏吹行路难。
碛里征人三十万，
一时回首月中看。

◎李益，字君虞，唐代诗人，以边塞诗作名世，擅长绝句，尤其工于七绝。

◎天山下了一场大雪，凛冽的风让行军的路更加艰难。你听，远处有笛声哀怨，偏偏是《行路难》，勾起了征人的思乡之情。

◎念奴娇·梅

【宋】辛弃疾

疏疏淡淡，问阿谁，堪比天真颜色。
笑杀东君虚占断，多少朱朱白白。
雪里温柔，水边明秀，不借春工力。
骨清香嫩，迥然天与奇绝。

尝记宝篽寒轻，
琐窗人睡起，玉纤轻摘。
漂泊天涯空瘦损，犹有当年标格。
万里风烟，一溪霜月，未怕欺他得。
不如归去，阆苑有个人忆。

◎辛弃疾，字幼安，号稼轩居士。南宋豪放派词人，有“词中之龙”之称。

◎司春之神统领百花，有谁能如梅花一般，自然天真，迎雪绽放。佳人青睐时，为其增色；漂泊天涯时，亦不失风骨，风霜雪雨欺它不得。罢了，不如归去，远离尘嚣，至少仙宫中还有个人在思念着它。

◎减字木兰花·雪中赏牡丹

【宋】叶梦得

前村夜半，每为江梅肠欲断。
浅紫深红，谁信漫天雪里逢。
醉头扶起，宿酒阑干犹困倚。
便莫摧残，明日东风为扫看。

◎叶梦得，字少蕴，宋代词人。开拓了南宋前半期以“气”入词的词坛新路，这种气主要表现在英雄气、狂气和逸气三方面。

◎夜半，漫天大雪，你独自浅酌，牵挂着风雪中盛开的梅花。次日，从宿醉中醒来，依旧担心梅花受到风雪摧残。期待明日初晴，还能扫雪赏梅。

◎陇西行

［唐］王维

十里一走马，五里一扬鞭。
都护军书至，匈奴围酒泉。
关山正飞雪，烽戍断无烟。

◎王维，字摩诘，号摩诘居士。唐朝诗人、画家。尤长五言，多咏山水田园，有“诗佛”之称。

◎戍：一作“火”。

◎送信的驿使快马加鞭，终于送来紧急军报。匈奴已围困酒泉，却只见军报，未见烽烟。只因边关正漫天飞雪，望断关山，不见烽烟。

除夜雪二首·选一

【宋】陆游

北风吹雪四更初，
嘉瑞天教及岁除。
半盏屠苏犹未举，
灯前小草写桃符。

除夕夜，北风带来了一场大雪，也带来了丰年的期盼。我将心愿写在纸上，挂在门上，再来半盏屠苏酒，这个除夕已经圆满。

◎邳州

［元］贡奎

荒城十载路重经，暂舣（yǐ）扁舟坐驿亭。

春到梅花何处白，雪晴山色向人青。

惊心家远旧难寄，迎面风寒酒易醒。

莫忆牵衣儿女态，晓猿夜鹤笑林扃。

◎贡奎，字仲章。天资聪颖，十岁能属文。著有《云林集》。

◎离家多年，再次路经这座荒城。停船坐望，这里雪已晴，春已至，梅花蕊白，山色青青。想到故乡远在千里，忧伤难以自抑。一阵寒风吹醒了我的神思，笑自己，何必做这小儿女之态？

◎北风

【唐】杜甫

北风破南极，朱凤日威垂。
洞庭秋欲雪，鸿雁将安归。
十年杀气盛，六合人烟稀。
吾慕汉初老，时清犹茹芝。

◎杜甫，字子美，自号少陵野老，唐代现实主义诗人，被后人称为“诗圣”，他的诗被称为“诗史”。

◎北风呼啸，大雪将至，催促着南飞的鸿雁。多年兵戈，让山河破碎，苍生流离，让我更加向往一个太平盛世。

◎北风行

【唐】李白

烛龙栖寒门，光曜犹旦开。
日月照之何不及此？惟有北风号怒天上来。
燕山雪花大如席，片片吹落轩辕台。
幽州思妇十二月，停歌罢笑双蛾摧。
倚门望行人，念君长城苦寒良可哀。

别时提剑救边去，遗此虎文金鞞靫。
中有一双白羽箭，蜘蛛结网生尘埃。
箭空在，人今战死不复回。
不忍见此物，焚之已成灰。
黄河捧土尚可塞，北风雨雪恨难裁。

◎李白，字太白，号青莲居士，又号“谪仙人”，唐代浪漫主义诗人，被后人誉为“诗仙”。

◎眼前的漫天飞雪正如我的心，寒冷、凄凉、连绵不绝。我望穿风雪，也没有看到你归来。从此，相思便成了我心口的泪滴，再也抹不尽。

◎对雪

【唐】高骈

六出飞花入户时，
坐看青竹变琼枝。
如今好上高楼望，
盖尽人间恶路歧。

◎高骈，字千里。唐朝后期名将、诗人。宋人计有功称其诗“雅有奇藻”。

◎登高望远，雪以博大的胸襟包裹着大地。积雪似乎掩盖了人间的一切丑恶，让这天地变得纯洁、诗意起来。

◎对雪二首·其二

【唐】李商隐

旋扑珠帘过粉墙，轻于柳絮重于霜。
已随江令夸琼树，又入卢家妒玉堂。
侵夜可能争桂魄，忍寒应欲试梅妆。
关河冻合东西路，肠断斑骓(zhuī)送陆郎。

◎李商隐，字义山，号玉溪生。晚唐著名诗人，与杜牧合称“小李杜”。擅长诗歌写作，骈文文学价值颇高。

◎轻盈的雪花如飞舞的蝴蝶，落在你的窗口。你一夜无眠，欲试梅妆，是在思念着谁？可是远行的陆郎？

对雪

[唐] 杜甫

战哭多新鬼，愁吟独老翁。
乱云低薄暮，急雪舞回风。
瓢弃樽无绿，炉存火似红。
数州消息断，愁坐正书空。

◎樽：又作“尊”，似壶而口大，盛酒器。

◎听闻战场失利，为老翁平添了无数忧愁。窗外，阴云低垂，飞雪乱舞。窗内，杯中无酒，炉中无炭。数州消息断绝，只能空怀报国之情，独自忧虑。

◎戏答元珍

[宋]欧阳修

春风疑不到天涯，二月山城未见花。
残雪压枝犹有橘，冻雷惊笋欲抽芽。
夜闻归雁生乡思，病入新年感物华。
曾是洛阳花下客，野芳虽晚不须嗟。

◎欧阳修，字永叔，号醉翁，晚号六一居士，是宋代文学史上开创一代文风的文坛领袖，“唐宋八大家”之一。

◎这座山城的春天总是来得这样晚，已是二月时节，却残雪未融，未见花开。身在异乡，病中过年，最容易让人感怀时光易逝，故土难回。

◎夜雪

[唐]白居易

已讶衾枕冷，
复见窗户明。
夜深知雪重，
时闻折竹声。

◎白居易，字乐天，号香山居士，又号醉吟先生，是唐代现实主义诗人。

◎今日的夜尤其寒冷，你看，窗外有微微的亮光；你听，屋外有竹枝折断的声音，今夜定是一场大雪。明日推开门，你将会看见一个银装素裹的世界。

◎夜雪二首·选一

【宋】韩元吉

伴眠文书细作行，
昏昏愁卧雪穿廊。
何人恰弄风前备，
错认梅花到枕旁。

◎韩元吉，字无咎，号南涧，南宋词人，其词多抒发山林情趣。

◎夜已深，捧一卷文书，昏沉入睡。雪花乘着晚风落到枕旁，错以为有梅花飘入。

◎夜宴南陵留别

〔唐〕李嘉祐

雪满前庭月色闲，
主人留客未能还。
预愁明日相思处，
匹马千山与万山。

◎李嘉祐，字从一，是中唐肃、代宗两朝时期的才子，善作诗，风格绮丽婉靡。

◎这庭中的白雪与月色极美，但飞雪却阻住了我归途。眼前夜宴宾主尽欢，我的愁思却在远处，唯愿翻越千山万水与你相聚。

◎左迁至蓝关示侄孙湘

〔唐〕韩愈

一封朝奏九重天，夕贬潮州路八千。
欲为圣明除弊事，肯将衰朽惜残年！
云横秦岭家何在？雪拥蓝关马不前。
知汝远来应有意，好收吾骨瘴江边。

◎韩愈，字退之，世称“昌黎先生”，被后人尊为“唐宋八大家”之首。

◎大雪纷飞，积雪阻住了前行的路。我勒住马，举目四望，前路漫漫，不知何处才是我的归宿。一腔报国热血换来的却是获罪贬谪，或许我只能在这异乡了此残生。

◎塞下曲六首·其一

【唐】李白

五月天山雪，无花只有寒。
笛中闻折柳，春色未曾看。
晓战随金鼓，宵眠抱玉鞍。
愿将腰下剑，直为斩楼兰。

◎五月的天山积雪依旧未消，只能从《折柳曲》的笛声中感受到一丝春意。尽管边地苦寒，我仍愿凭一把利剑定边疆，一腔热血报家国。

◎塞上听吹笛

【唐】高适

雪净胡天牧马还，
月明羌笛戍楼间。
借问梅花何处落，
风吹一夜满关山。

◎冰雪融尽，边塞的战事已经结束。皎洁的月光下，是谁在吹奏思乡的羌笛，随着一夜的春风洒下一城的相思愁绪。

◎折杨柳

【唐】李白

垂杨拂绿水，摇艳东风年。
花明玉关雪，叶暖金窗烟。
美人结长想，对此心凄然。
攀条折春色，远寄龙庭前。

◎眼前花娇柳媚，春意盎然，为何你的眉间却有化不开的愁？你凭栏远望，这时候的玉关边塞应该还是冰天雪地吧！真想折一枝杨柳，将这春色与相思一同寄到龙城。

◎苏氏别业

【唐】祖咏

别业居幽处，到来生隐心。
南山当户牖，沣水映园林。
屋覆经冬雪，庭昏未夕阴。
寥寥人境外，闲坐听春禽。

◎祖咏，唐代诗人，少有文名，擅长诗歌创作，与王维友善。

◎苏氏别墅地处清幽之地，到此后忍不住生起归隐之心。这里山环水绕，远离尘嚣，正好可以坐听鸟鸣，偷得浮日半生闲。

◎苑中遇雪应制

〔唐〕宋之问

紫禁仙舆诘旦来，
青旂遥倚望春台。
不知庭霰今朝落，
疑是林花昨夜开。

◎宋之问，又名少连，字延清，初唐时期的诗人，与沈佺期并称“沈宋”。

◎清晨，一梦醒来，惊奇地发现庭院外已落满了雪花。银装素裹，天地一色，还以为是一夜间开满了纯白的花朵。

◎菩萨蛮·归鸿声断残云碧

【宋】李清照

归鸿声断残云碧，背窗雪落炉烟直。
烛底凤钗明，钗头人胜轻。
角声催晓漏，曙色回牛斗。
春意看花难，西风留旧寒。

◎在这个飘雪的夜，我一直等着你的消息。长夜漫漫，我却没有睡意，数着滴漏声，眼看就要天明。没有你在身边，春花也不再绚烂。

◎菩萨蛮·梅雪

【宋】周邦彦

银河宛转三千曲，浴凫飞鹭澄波绿。
何处是归舟，夕阳江上楼。
天憎梅浪发，故下封枝雪。
深院卷帘看，应怜江上寒。

◎周邦彦，字美成，号清真居士，北宋著名词人。作品格律谨严，语言曲丽精雅，长调尤善铺叙。

◎夕阳下，我独立江边小楼，眼前是蜿蜒的河水与漫天的飞雪。雪花盖住了盛开的梅花，亦阻住了归去的船只。

◎蓝桥驿见元九诗

【唐】白居易

蓝桥春雪君归日，
秦岭秋风我去时。
每到驿亭先下马，
循墙绕柱觅君诗。

◎当你踏雪而来，我已在秋天归去。人生中为什么会有那么多的错过与别离？但没有关系，你的文字让错过变得更美丽。

◎寿阳曲·江天暮雪

［元］马致远

天将暮，雪乱舞，
半梅花半飘柳絮。
江上晚来堪画处，
钓鱼人一蓑归去。

◎马致远，字千里，号东篱，元代戏曲家，与关汉卿、郑光祖、白朴并称“元曲四大家”。

◎暮色将近，一场大雪不期而至。你贪恋眼前这如画的风景，却在风雪中迷了途。

◎大德歌·冬景

〔元〕关汉卿

雪粉华，舞梨花，
再不见烟村四五家。
密洒堪图画，看疏林噪晚鸦。
黄芦掩映清江下，斜缆着钓鱼艖chā。

◎关汉卿，原名不详，字汉卿，号已斋。元杂剧奠基人，“元曲四大家”之首。

◎飞雪如梨花飘落，烟雾笼罩中依稀可见四五个人家。在这苍茫世界中，只听见稀疏的树林中有晚归的寒鸦啼声。而清江上的黄色芦苇和一叶钓鱼舟让我看到了暖意与生机。

◎大德歌·冬

〔元〕关汉卿

雪纷纷，掩重门，
不由人不断魂，
瘦损江梅韵。
那里是清江江上村，
香闺里冷落谁瞅问？
好一个憔悴的凭栏人。

◎为何你凭栏远望，面容忧愁？只因大雪纷飞，却不见心上人的归来。

◎呈唐德舆兼寄呈可久三首·选一

［宋］赵蕃

前岁长安雪，从公饮屡过。
放谈成绝叹，狂态亦悲歌。
我仕鱼缘竹，公行漩绕涡。
相逢虽足慰，相别奈愁何。

◎赵蕃，字昌父，号章泉。南宋中期著名诗人，与韩淲齐名，号称“上饶二泉”。

◎前年长安大雪纷飞时，你我举杯共饮，相谈甚欢，颇有狂放之态，亦悲叹放歌。只因你我皆是天涯沦落人，同病相怜。能得一知己虽足以慰平生，奈何相聚越欢，离别越苦。

◎咏雪

【南北朝】吴均

微风摇庭树，细雪下帘隙。
萦空如雾转，凝阶似花积。
不见杨柳春，徒见桂枝白。
零泪无人道，相思空何益。

◎吴均，字叔庠，南朝梁文学家、史学家。为文清拔，工于写景，多为反映社会现实之作，号称“吴均体”。

◎微风起，树轻摇，细雪纷纷，飞舞蹁跹。这纤细的雪花落在了你的眉间，勾起了谁的相思？

咏雪奉呈广平公

［宋］黄庭坚

连空春雪明如洗，忽忆江清水见沙。
夜听疏疏还密密，晓看整整复斜斜。
风回共作婆娑舞，天巧能开顷刻花。
政使尽情寒至骨，不妨桃李用年华。

◎黄庭坚，字鲁直，号山谷道人，北宋著名文学家、书法家、江西诗派开山之祖。

◎政：一作“正”。

◎春雪细细密密地落在清澈的江面上，雪花在寒风中婆娑起舞。尽管春寒未退，但是久违的温暖，终会到来。到那时，必将桃李齐放，春满人间。

◎山中雪后

【清】郑燮

晨起开门雪满山，
雪晴云淡日光寒。
檐流未滴梅花冻，
一种清孤不等闲。

◎郑燮，字克柔，号板桥。一生只画兰、竹、石三物。其诗、书、画，世称“三绝”。

◎山中的冬最是严寒，晨起开门看见的是满眼的白。雪后初晴，但天色依旧暗淡，连阳光也没有了温度。院落的梅花恍若被冰雪冻住，却依旧抹不去她的清高与坚韧，一如此时的你。

◎行路难·其一

［唐］李白

金樽清酒斗十千，玉盘珍羞直万钱。
停杯投箸不能食，拔剑四顾心茫然。
欲渡黄河冰塞川，将登太行雪满山。
闲来垂钓碧溪上，忽复乘舟梦日边。
行路难！行路难！多歧路，今安在？
长风破浪会有时，直挂云帆济沧海。

◎是什么让你无心畅饮，心绪茫然？你说前路艰难，不知所往。可彷徨不是你的本性，一时的失意掩不住你的豪情。

◎征人怨

［唐］柳中庸

岁岁金河复玉关，
朝朝马策与刀环。
三春白雪归青冢，
万里黄河绕黑山。

◎柳中庸，唐代边塞诗人。其诗以写边塞征怨为主。

◎年复一年辗转沙场，相伴的只有刀剑和马鞭。征人不惧跋涉与苦寒，只是何日才能把家还？

◎独不见

【唐】李白

白马谁家子，黄龙边塞儿。天山三丈雪，
岂是远行时。春蕙忽秋草，莎鸡鸣西池。
风摧寒棕响，月入霜闺悲。忆与君别年，
种桃齐蛾眉。桃今百余尺，花落成枯枝。
终然独不见，流泪空自知。

◎天山上白雪皑皑，那骑着白马的男儿还在戍守边关，可知远方的妻子已望穿了秋水？一别多年，曾经一起种下的小桃树已百尺余高，枯了枝叶，却始终没有等到归人。

◎冬夜

［唐］白居易

家贫亲爱散，身病交游罢。
眼前无一人，独掩村斋卧。
冷落灯火暗，离披帘幕破。
策策窗户前，又闻新雪下。

长年渐省睡，夜半起端坐。
不学坐忘心，寂莫安可过。
兀然身寄世，浩然心委化。
如此来四年，一千三百夜。

◎亲友离散，我拖着病体残躯独守孤村。窗外，新雪飘落，我在这荒芜的人世间，一夜一夜数着寂寞。

◎冬夜送人

〔唐〕贾岛

平明走马上村桥，
花落梅溪雪未消。
日短天寒愁送客，
楚山无限路迢迢。

◎贾岛，字阆仙，人称“诗囚”，又被称为“诗奴”，与孟郊共称“郊寒岛瘦”。

◎天色微明，我与你骑马来到桥头，桥边残雪未消，梅花落英。在这样寒冷的冬日离别，前路迢迢，更使我忧心忡忡。

◎冬晚对雪忆胡居士家

【唐】王维

寒更传晓箭，清镜览衰颜。
隔◎牖yǒu风惊竹，开门雪满山。
洒空深巷静，积素广庭闲。
借问袁安舍，◎翛xiāo然尚闭关。

◎时光易逝，明镜中青丝已变白发。窗外的风吹动了竹丛，雪落满山头。漫天飞舞的雪花落入空寂的深巷，皑皑白雪让庭院更显空旷。我不由想象起你此刻的模样，你是否依旧惬意悠然？

◎庆春时·梅梢已有

[宋]晏几道

梅梢已有，春来音信，风意犹寒。
南楼暮雪，无人共赏，闲却玉阑干。
殷勤今夜，凉月还似眉弯。
尊前为把，桃根丽曲，重倚四弦看。

◎晏几道，字叔原，号小山，宋代婉约派词人，与其父晏殊合称“二晏”。

◎冬的寒意还未消散，梅花已带来春的音信。冬雪虽尚未消融，却已无人与我同赏。清冷的夜空，挂着一弯月牙。你听，是谁在弹奏一曲悠扬的弦乐？

◎问刘十九

【唐】白居易

绿蚁新醅（pēi）酒，
红泥小火炉。
晚来天欲雪，
能饮一杯无？

◎虽是寒冬，但是有酒、有你，这个冬天就温暖又柔和。我甚至开始期盼下一场大雪，与你对饮一杯，感受这冬日的意趣和暖意。

◎阁夜

[唐]杜甫

岁暮阴阳催短景，天涯霜雪霁寒宵。
五更鼓角声悲壮，三峡星河影动摇。
野哭几家闻战伐，夷歌数处起渔樵。
卧龙跃马终黄土，人事音书漫寂寥。

◎岁末的白天愈发短暂，雪映亮了严冬的夜晚。那军营的鼓角之声让你愁绪难眠，你怜悯着战争对世人的摧残，感叹着英雄已去，无奈只能一腔心事独惆怅。

◎江神子·建安县戏赵德庄

［宋］韩元吉

十年此地看花时。醉题诗。夜弹棋。
湖海相逢，曾共惜芳菲。
前度刘郎今度客，嗟老矣，鬓成丝。
江梅吹尽柳桥西。雪纷飞。画船移。
满眼青山，依旧带寒溪。
往事如云无处问，云外月、也应知。

◎十年前，我们相聚此地，吟诗赏花。如今我们年华已老，相隔两地。游船江上，看大雪纷飞，青山隐隐。往事皆已随风去，唯有明月知我心。

◎江神子·冬景

[宋] 苏轼

相逢不觉又初寒。对尊前。惜流年。
风紧离亭，冰结泪珠圆。
雪意留君君不住，从此去，少清欢。
转头山下转头看。路漫漫。玉花翻。
银海光宽。何处是超然。
知道故人相念否，携翠袖，倚朱阑。

◎苏轼，字子瞻，号东坡居士，世称苏东坡，是北宋中期文坛领袖，词开豪放一派。

◎相逢的时间是短暂的，我珍惜与你在一起的每一刻。我多希望漫天飞雪能够留住你离别的脚步，因为我知道你离开以后，天涯长路，我们留给彼此的只有思念。

◎江雪

［唐］柳宗元

千山鸟飞绝，
万径人踪灭。
孤舟蓑笠翁，
独钓寒江雪。

◎柳宗元，字子厚，唐代文学家、哲学家、散文家和思想家，“唐宋八大家”之一。

◎远山之间已没有了行人和飞鸟的踪迹，而苍茫的江面上，有一叶小舟和一位老渔翁，自留出一片清净天地，垂钓着孤独。

◎洛阳春·雪

[清]纳兰性德

密洒征鞍无数。冥迷远树。
乱山重叠杳难分，似五里、蒙蒙雾。
惆怅琐窗深处。湿花轻絮。
当时悠飏得人怜，也都是、浓香助。

◎飞舞的雪花迷住了征人是双眼，让脚下的路更加难行。当初这雪也曾飞入我们的窗中，如湿花柳絮一般惹人怜爱。不是因为雪花太美，而是因为有你在我身边。

◎洞仙歌·雪云散尽

【宋】李元膺

一年春物，惟梅柳间意味最深。至莺花烂漫时，则春已衰迟，使人无复新意。予作《洞仙歌》，使探春者歌之，无后时之悔。

雪云散尽，放晓晴池院。
杨柳于人便青眼。
更风流多处，一点梅心，
相映远，约略颦轻笑浅。

一年春好处，不在浓芳，
小艳疏香最娇软。
到清明时候，百紫千红，
花正乱，已失春风一半。
早占取韶光共追游，
但莫管春寒，醉红自暖。

◎李元膺，宋代词人，《乐府雅词》收其词八首。

◎冬雪已消融，杨柳带来了春的消息。春光虽美，却最易消逝。且不去管料峭春寒，抓住这短暂的美好时光，莫留遗憾。

◎浣溪沙·残雪凝辉冷画屏

【清】纳兰性德

残雪凝辉冷画屏，落梅横笛已三更，
更无人处月胧明。
我是人间惆怅客，知君何事泪纵横，
断肠声里忆平生。

◎残雪透着寒意，我知你流泪是为何，因为我与你一样，皆是人世间惆怅的过客，在这哀怨的笛声里，忆起平生的点点滴滴。

◎浣溪沙·万顷风涛不记苏

【宋】苏轼

万顷风涛不记苏，雪晴江上麦千车，
但令人饱我愁无。
翠袖倚风萦柳絮，绛唇得酒烂樱珠，
樽前呵手镊霜须。

◎昨夜欢宴，美人如斯，我却捻须独愁。酒醉之后，只记得昨夜风声一片，却不记得何时苏醒。一场雪后，想到明年的麦子定能丰收，此时我才真正没了忧愁。

◎浣溪沙·宿酒才醒厌玉卮

【宋】晏殊

宿酒才醒厌玉卮，水沈香冷懒熏衣，
早梅先绽日边枝。
寒雪寂寥初散后，春风悠扬欲来时，
小屏闲放画帘垂。

◎残雪渐消，初春将至。在这样一个慵懒的清晨，从宿醉中醒来，无需妆扮，闲坐赏梅。珍惜这一份清寂与安闲，亦是美好的时光。

吉邨

◎浪淘沙·探春

〔宋〕苏轼

昨日出东城，试探春情。
墙头红杏暗如倾。
槛内群芳芽未吐，早已回春。
绮陌敛香尘，雪霁前村。
东君用意不辞辛。
料想春光先到处，吹绽梅英。

◎昨日出城寻春，只见墙头红杏吐蕊，而百花未开。雪后初晴，而春意渐近。想必春天到来之时，柔风定先吹落那一树梅花。

◎浪淘沙·长记去年时

［宋］吴潜

长记去年时。雪满征衣。
佳人携手画楼西。
今日关山千里外，此恨谁知。
想见绿窗低。依旧空闺。
惜春还是惜花飞。
纵有游蜂偷得去，争似帘帷。

◎常常回忆去年时，大雪落满戎装，与佳人携手告别。如今相隔千里，相思说与谁听？

◎酒泉子·云散更深

〔五代〕冯延巳

云散更深，堂上孤灯阶下月。
早梅香，残雪白，夜沉沉。
阑边偷唱系瑶簪，前事总堪惆怅。
寒风生，罗衣薄，万般心。

◎冯延巳，字正中，五代时南唐词人。他的词多写闲情逸致，文人的气息很浓，对北宋初期的词人有比较大的影响。

◎夜深沉，早梅幽香，残雪未消，只有一盏孤灯与一弯明月陪伴着你。前情往事丝丝缠绕，成为你眼中化不开的忧愁。夜风吹起，带着料峭春寒，亦如你凄凉的心境。

◎渔家傲·十二月严凝天地闭

［宋］欧阳修

十二月严凝天地闭，莫嫌台榭无花卉，惟有酒能欺雪意。增豪气，直教耳热笙歌沸。

陇上雕鞍惟数骑，猎围半合新霜里，霜重鼓声寒不起。千人指，马前一雁寒空坠。

◎十二月的冬天最是寒冷，万物凋敝，难寻生机。饮一杯烈酒，方能解寒意，增豪气，感受到一点暖意。陇上有数骑围猎，因为严寒，鼓声显得低沉，天上的大雁随箭声坠落马前。

◎清平乐·画堂晨起

【唐】李白

画堂晨起，来报雪花坠。
高卷帘栊看佳瑞，皓色远迷庭砌。
盛气光引炉烟，素草寒生玉佩。
应是天仙狂醉，乱把白云揉碎。

◎雪花漫天飞舞，如同狂醉的天仙将白云揉碎，化作片片雪花，飘落人间。竟不知是天仙醉还是你醉。

◎清平乐·雪

[宋] 孙道绚

悠悠扬扬，做尽轻模样。
半夜萧萧窗外响，多在梅边竹上。
朱楼向晓帘开，六花片片飞来。
无奈熏炉烟雾，腾腾扶上金钗。

◎孙道绚，号冲虚居士，宋代词人。善诗词，笔力甚高。遗词六首。

◎雪花悠悠扬扬，轻盈地落在了梅竹枝上。清晨我满怀期盼地掀开门帘，大片的雪花依旧在飞扬。无奈熏炉的烟气一下就将身上的雪花融化了，只留下我暗自惆怅。

◎清平乐·年年雪里

〔宋〕李清照

年年雪里，常插梅花醉。
挼尽梅花无好意，赢得满衣清泪。
今年海角天涯，萧萧两鬓生华。
看取晚来风势，故应难看梅花。

◎最爱你少年时，踏雪寻梅插花，最是天真无邪。最怜你忧愁时，揉碎梅花，垂泪沾衣袖。而今你沦落天涯，已生华发，我愿折一枝梅花，送你一室春色。

◎清平乐·深冬寒月

〔五代〕冯延巳

深冬寒月，庭户凝霜雪。
风雁过时魂断绝，塞管数声呜咽。
披衣独立披香，流苏乱结愁肠。
往事总堪惆怅，前欢休要思量。

◎深冬时节，天寒地冻，庭院凝霜。披香殿中，你披衣独立，愁肠百结。不敢回忆往昔，只因曾经的快乐与悲伤，都变成此刻的惆怅。

◎满江红·送李正之提刑入蜀

【宋】辛弃疾

蜀道登天，一杯送绣衣行客。

还自叹、中年多病，不堪离别。

东北看惊诸葛表，西南更草相如檄。

把功名、收拾付君侯，如椽chuán笔。

儿女泪，君休滴。荆楚路，吾能识。

要新诗准备，庐山山色。

赤壁矶头千古浪，铜鞮（dī）陌上三更月。

正梅花万里雪深时，须相忆。

◎蜀道艰难，一杯薄酒送知己。叹自己中年多病，不堪别离。愿君以笔为椽建功名，收起儿女泪，心系山河。待到万里雪深时，请你不要忘了我。

◎满江红·和廓之雪

【宋】辛弃疾

天上飞琼，毕竟向人间情薄。
还又跨玉龙归去，万花摇落。
云破林梢添远岫，月临屋角分层阁。
记少年骏马走韩卢，掀东郭。

吟冻雁，嘲饥鹊。人已老，欢犹昨。

对琼瑶满地，与君酬chou酢zuo。

最爱霏霏迷远近，却收扰扰还寥廓。

待羔儿酒罢又烹茶，扬州鹤。

◎窗外白雪纷纷扬扬地下着，我与你把酒言欢，追忆年少时光。记得年少时，雪天打猎，骑着骏马，驱着猎犬的那种豪情。而如今你我已老去，但依然能一起赏雪、饮酒、煮茶，何尝不是一种惬意欢畅。

◎满庭芳·雪夜用前韵

【金】段克己

万籁收声，六花呈瑞，小桥路断江边。
笑潮州刺史，匹马蓝关。
谩有清名千载，一杯酒、孤负生前。
争如我，围炉小酌，和气笑中还。

梅梢新月上，芒鞋竹杖，烂赏林间。
便销金低唱，欲换应难。
勋业何须看镜，蓬窗底、空卧袁安。
君须记，游鱼失水，那可上长竿。

◎段克己，金代文学家，字复之，号遁庵。工于词曲，著有《遁斋乐府》。

◎雪夜，万籁俱寂，感叹韩愈、袁安因雪困苦。今夜不如和我一起围炉小酌，把酒言欢。报国无门不须恨，且自安闲，寄情于山水之间。

◎忆秦娥·烧灯节

［宋］刘辰翁

中斋上元客散感旧，赋《忆秦娥》见属，一读凄然。随韵寄情，不觉悲甚。

烧灯节，朝京道上风和雪。
风和雪，江山如旧，朝京人绝。
百年短短兴亡别，与君犹对当时月。
当时月，照人烛泪，照人梅发。

◎刘辰翁，字会孟，别号须溪。南宋末年爱国诗人。风格取法“苏辛”而又自成一体，豪放沉郁而不求藻饰。

◎元宵佳节，通往京城的道路却风雪交加。风雪依旧，江山依旧，而京城却已繁华不再。经历了家国兴亡，与君再相见，头顶还是当时的月亮，故国却已不再，怎能不让人忧伤凄苦？

◎悼伤后赴东蜀辟至散关遇雪

［唐］李商隐

剑外从军远，
无家与寄衣。
散关三尺雪，
回梦旧鸳机。

◎我即将远行从军，此后风霜雪雨，行军不定，你再也不能为我寄来冬衣，而我只能在梦中回忆往昔。

◎送崔子还京

【唐】岑参

匹马西从天外归，
扬鞭只共鸟争飞。
送君九月交河北，
雪里题诗泪满衣。

◎我策马千里，只为送你远行。九月时节，已漫天飞雪，风雪中我为你写下诗句，不觉泪水已湿了衣襟。

◎逢雪宿芙蓉山主人

【唐】刘长卿

日暮苍山远，
天寒白屋贫。
柴门闻犬吠，
风雪夜归人。

◎刘长卿，字文房，唐代诗人。其工于诗，长于五言，自称“五言长城”。

◎在这个天寒地冻的风雪之夜，有一盏昏黄的灯和一只忠犬在等待着你归来。如此平凡的幸福却感动了我这个投宿之人，让我在孤独艰难中感受到温暖。

◎巴山道中除夜书怀

［唐］崔涂

迢递三巴路，羁危万里身。
乱山残雪夜，孤烛异乡人。
渐与骨肉远，转于僮仆亲。
那堪正飘泊，明日岁华新。

◎崔涂，字礼山，唐末诗人。善音律，尤善长笛；工于诗，其作品多为旅愁之作。

◎跋涉在崎岖的路上，只有残雪乱山和我这个孤独的异乡人。这个除夕没有亲人相伴，只能与仆从相互取暖。只愿新年之后，不再漂泊。

◎如梦令·有寄

[宋] 苏轼

为向东坡传语，人在玉堂深处。
别后有谁来？雪压小桥无数。
归去，归去，江上一犁春雨。

◎我一直觉得，东坡亦是我的故乡。不知我走后，是否还有谁来过，门前的小桥是否铺满了白雪？我现虽身在玉堂，却盼归去，沐浴催耕的春雨。

◎好事近·飞雪过江来

［宋］吕渭老

飞雪过江来，船在赤栏桥侧。
惹报布帆无恙，著两行亲札。
从今日日在南楼，鬓自此时白。
一咏一觞谁共，负平生书册。

◎吕渭老，字圣求，宋代词人。赵师秀评其词作为：“圣求词，婉媚深窈，视美成、耆卿伯仲。”

◎冒着风雪过江，从此日日闲居江南，空白了头。既无好友饮酒作诗，又不能为国建功立业，辜负了平生所学。

◎终南望余雪

〔唐〕祖咏

终南阴岭秀，
积雪浮云端。
林表明霁色，
城中增暮寒。

◎遥望终南，北山秀美，皑皑积雪好似与浮云相连。雪后初晴，林梢之间闪烁着夕阳的余晖。傍晚时分，城中又添了几分寒意。

◎小雪

【唐】戴叔伦

花雪随风不厌看，
更多还肯失林峦。
愁人正在书窗下，
一片飞来一片寒。

◎戴叔伦，唐代诗人，字幼公。其诗多表现隐逸生活和闲适情调。

◎世人皆爱雪的白，看不厌雪花悠悠随风落，亦愿踏雪山林间。此刻的我坐在书窗下，满腹忧愁。窗外寒风起，每一片雪花都带着寒意。

◎少年游·润州作代人寄远

【宋】苏轼

去年相送，余杭门外，飞雪似杨花。
今年春尽，杨花似雪，犹不见还家。
对酒卷帘邀明月，风露透窗纱。
恰似姮娥怜双燕，分明照、画梁斜。

◎去岁你离开时，大雪纷飞。如今春光明媚，我已望穿秋水。相思使人更觉寂寞，梁上的双燕让我艳羡不已。

◎无闷·催雪

［宋］吴文英

霓节飞琼，鸾驾弄玉，杳隔平云弱水。
倩皓鹤传书，卫姨呼起。莫待粉河凝晓，
趁夜月、瑶笙飞环佩。
正蹇驴吟影，茶烟灶冷，酒亭门闭。

歌丽。泛碧蚁，放绣帘半钩。
宝台临砌，要须借东君，灞陵春意。
晓梦先迷楚蝶，早风戾、重寒侵罗被。
还怕掩、深院梨花，又作故人清泪。

◎吴文英，字君特，号梦窗，宋代词人。其词作数量丰沃，风格雅致，号“词中李商隐”。

◎一夜飞雪，万物皆白，与众好友宴饮赏雪，好不开怀。醒来时，才知是梦一场。

◎无题

【唐】李商隐

紫府仙人号宝灯，
云浆未饮结成冰。
如何雪月交光夜，
更在瑶台十二层。

◎想问仙人，在这样一个雪月辉映的夜，独自登高是为谁？又是什么牵动了你的愁肠？

◎李端公

【唐】卢纶

故关衰草遍，离别自堪悲。
路出寒云外，人归暮雪时。
少孤为客早，多难识君迟。
掩泪空相向，风尘何处期。

◎离别的心境最是悲凉，一如这郊外大地的苍茫。你渐行渐远，消失在寒云之外。只恨我与你相识太晚，相聚太短，不知再次相见又是何时。

◎柳梢青·片片花飞

〔宋〕陈允平

片片花飞，同前疏树，雪后残枝。
划地多情，带将明月，来伴书帏。
岁寒心事谁知。向篱落、微斜半欹。
添得闲愁，酒将阑处，吟未成时。

◎陈允平，字君衡，号西麓，宋代词人。陈允平是格律派词家，作品偏重艺术形式。

◎雪后，雪藏枯枝。书斋中，唯有一轮明月与我相伴，我的心事又可以向谁倾诉？只有将这一腔愁绪付诸酒杯，藏于诗句之中。

◎梅花引·荆溪阻雪

［宋］蒋捷

白鸥问我泊孤舟，是身留，是心留？
心若留时，何事锁眉头？
风拍小帘灯晕舞，对闲影，
冷清清，忆旧游。

旧游旧游今在否？花外楼，柳下舟。
梦也梦也，梦不到，寒水空流。
漠漠黄云，湿透木棉裘。
都道无人愁似我，今夜雪，
有梅花，似我愁。

◎蒋捷，字胜欲，号竹山，南宋词人。其词多抒发故国之思、山河之痛，而以悲凉清俊、萧寥疏爽为主。

◎风雪阻住了我的归途，白鸥却来问我为何停留。回忆往昔，与旧友同游，而今入梦难再得，梅花或许知我为何愁。

◎早春

［唐］白居易

雪散因和气，
冰开得暖光。
春销不得处，
唯有鬓边霜。

◎告别冬日的严寒，终于迎来了春的温暖。只是年华易逝，曾经的青春再也不会回来。

◎早玩雪梅有怀亲属

【唐】韩偓

北陆候才变，南枝花已开。
无人同怅望，把酒独裴回。
冻白雪为伴，寒香风是媒。
何因逢越使，肠断谪仙才。

◎南方已春暖花开，而北地却寒冷依旧，比寒冷更难熬的是孤独。举杯独饮，只有风雪与我相伴。如今，听闻故乡来使，更加牵动了我的愁肠。

◎春日西湖寄谢法曹歌

［宋］欧阳修

西湖春色归，春水绿于染。
群芳烂不收，东风落如糁。
参军春思乱如云，白发题诗愁送春。
遥知湖上一樽酒，能忆天涯万里人。

万里思春尚有情，忽逢春至客心惊。
雪消门外千山绿，花发江边二月晴。
少年把酒逢春色，今日逢春头已白。
异乡物态与人殊，惟有东风旧相识。

你看窗外的残雪已消融，西湖已换上春色。犹记年少时，曾与你把酒言欢，而如今我年华老去，客居他乡，只有东风与我相识。

◎春雪

【唐】韩愈

新年都未有芳华，
二月初惊见草芽。
白雪却嫌春色晚，
故穿庭树作飞花。

◎温暖的春天总爱姗姗来迟，当你看到青草的绿色满心欢喜时，调皮的雪花却来告诉你，冬日还没有离去。没关系，草已渐绿，春天也不远了。

◎春雪

［唐］刘方平

飞雪带春风，
裴回乱绕空。
君看似花处，
偏在洛阳东。

◎刘方平，唐代诗人，工诗，善画山水。其诗多咏物写景之作，尤擅绝句。

◎你看雪花在春风中轻舞回旋，这一切看起来宁静又美丽。可是这份美丽却只属于富贵之家，贫寒之人只能忍受饥寒，望雪悲叹。

◎春日山中对雪有作

〔唐〕杜荀鹤

竹树无声或有声，霏霏漠漠散还凝。
岭梅谢后重妆蕊，岩水铺来却结冰。
牢系鹿儿防猎客，满添茶鼎候吟僧。
好将膏雨同功力，松径莓苔又一层。

◎杜荀鹤，唐代诗人，字彦之，号九华山人。提倡诗歌要继承风雅传统，其诗作平易自然，朴实明畅，清新秀逸。

◎春雪是这样细密而轻柔，松散地落在竹丛梅枝上，仿佛凋谢的梅花又重新开了。系牢鹿儿，煮上一壶好茶，等候僧人们同来品茗、吟诗，亦是一种闲趣。

◎春雪过皇甫家

【唐】白居易

晚来篮舆雪中回，
喜遇君家门正开。
唯要主人青眼待，
琴诗谈笑自将来。

◎傍晚，迎着春雪回家，路过皇甫家，突然有了拜访的念头。不知主人是否会青眼相待，琴诗谈笑共遣怀？

晚过水北

[宋] 欧阳修

寒川消积雪，
冻浦渐通流。
日暮人归尽，
沙禽上钓舟。

◎河流上的积雪渐消，初春已悄悄带来了一丝暖意。寒气虽未完全散去，但已足够让我欣喜。

◎采桑子·塞上咏雪花

【清】纳兰性德

非关癖爱轻模样，冷处偏佳。
别有根芽，不是人间富贵花。
谢娘别后谁能惜，飘泊天涯。
寒月悲笳，万里西风瀚海沙。

◎我爱的不是雪花的轻盈飘洒，而是它生于寒处。它虽与牡丹、海棠等人间富贵花不同，却另具高洁品性。

◎点绛唇·十月二日马上作

［清］龚自珍

一帽红尘，行来韦杜人家北。
满城风色，漠漠楼台隔。
目送飞鸿，景入长天灭。
关山绝，乱云千叠，江北江南雪。

◎龚自珍，字璱人，号定庵。清代思想家、诗人、文学家和改良主义的先驱者

◎带着风尘，来到都城之北。城中风起扬尘，看不清楼台在何处。目送归去的鸿雁，在长空中逐渐消失不见。云层重重叠叠，要下雪了，这雪将飘向大江南北。

◎点绛唇·梅

【宋】赵长卿

开尽梅花，雪残庭户春来早。
岁华偏好。只恐催人老。
惟有诗情，犹被花枝恼。
金樽倒，共成欢笑。终是清狂少。

◎赵长卿，号仙源居士，宋代词人。为“柳派”一大作家，词风婉约，“文词通俗，善抒情爱”，享誉南宋词坛。

◎今年的春天来得尤其早，残雪未消，梅花已尽开枝头。春光虽好，却恐年华易逝催人老。欲吟诗一首，却被春花误。也好，趁着年少轻狂，且及时欢笑。

◎长相思·山一程

[清]纳兰性德

山一程，水一程，
身向榆关那畔行，夜深千帐灯。
风一更，雪一更，
聒碎乡心梦不成，故园无此声。

◎千里行军，跋山涉水，走过了一程又一程，可是故乡永远是你最深的眷念。午夜梦回故乡，可窗外的风雪却击碎了你的梦，因为故乡没有这样的风雪之声。

◎长相思令·烟霏霏

[宋]吴淑姬

烟霏霏，雪霏霏。
雪向梅花枝上堆，春从何处回？
醉眼开，睡眼开，疏影横斜安在哉？
从教塞管催。

◎吴淑姬，慧而能诗词，宋代“四大女词人”之一。著有《阳春白雪词》五卷。

◎烟雾迷蒙，白雪皑皑，积雪压断了梅枝，没有一丝春的气息。夜半难眠，不知那一树梅花是否还在？

◎长相思令·红花飞

［宋］邓肃

红花飞，白花飞。
郎与春风同别离，春归郎不归。
雨霏霏，雪霏霏。又是黄昏独掩扉，
孤灯隔翠帷。

◎邓肃，字志宏，号栟榈。宋朝著名的谏官，也是诗人。

◎百花盛开的春季，你与我别离。如今春已归来，却仍不见你归来。又一个雨雪霏霏的夜晚，只有一盏孤灯与我做伴，倾听着我的思念。

◎钓雪亭

【宋】姜夔

阑干风冷雪漫漫，
惆怅无人把钓竿。
时有官船桥畔过，
白鸥飞去落前滩。

◎姜夔，字尧章，号白石道人。南宋文学家、音乐家。其作品以空灵含蓄著称。

◎我在这漫天飞雪中独倚栏杆，无人垂钓的钓雪亭更加清冷，平日吵闹的白鸥也安静了下来，我愿享受这片刻的安宁与寂寞。

◎镇西·秋风吹暗雨

【宋】蔡伸

秋风吹暗雨，重衾寒透。
伤心听、晓钟残漏。凝情久。
记红窗夜雪，促膝围炉，交杯劝酒。
如今顿孤欢偶。

念别后。菱花清镜里。眉峰暗斗。
想标容、怎禁销瘦。忍回首。
但云笺妙墨，鸳锦啼妆，依然似旧。
临风泪沾襟袖。

◎深秋夜寒，难以入眠。犹记得那个雪夜，你我围炉共饮，好不欢畅。自与你别后，思念不断在心中蔓延，为伊消得人憔悴。锦书难寄，任泪水沾湿衣襟。

◎白雪歌送武判官归京

【唐】岑参

北风卷地白草折，胡天八月即飞雪。
忽如一夜春风来，千树万树梨花开。
散入珠帘湿罗幕，狐裘不暖锦衾薄。
将军角弓不得控，都护铁衣冷难着。

瀚海阑干百丈冰，愁云惨淡万里凝。
中军置酒饮归客，胡琴琵琶与羌笛。
纷纷暮雪下辕门，风掣红旗冻不翻。
轮台东门送君去，去时雪满天山路。
山回路转不见君，雪上空留马行处。

◎八月秋高，而北地已是漫天飞雪。这里的冬天很寒冷，这里的风雪很肆虐，可是这里的景色很美，男儿很热血。只因将与君别离，我内心极度惆怅。山高路远，愿君珍重。

◎和张仆射塞下曲·其三

[唐]卢纶

月黑雁飞高，
单于夜遁逃。
欲将轻骑逐，
大雪满弓刀。

◎卢纶，字允言，唐代诗人。其诗以五言、七言、近体为主，多唱和赠答之作。

◎寂静的夜，一支轻骑在夜色中追击逃遁的单于。大雪纷纷扬扬地落下，遮盖了刀弓的寒光。

◎和晋公三首·其三

【唐】李绅

穷阴初莽苍，
离思渐氛氲。
残雪午桥岸，
斜阳伊水滨。

◎李绅，唐朝宰相、诗人，是“新乐府”运动的参与者。

◎阴沉的天气为离别更添了几分愁绪，桥岸上还留着未消的残雪。暮色渐近，天边云中透出的那抹斜阳是否懂我心中的忧伤？

◎鹧鸪天·雪照山城玉指寒

【金】刘著

雪照山城玉指寒，一声羌管怨楼间。

江南几度梅花发，人在天涯鬓已斑。

星点点，月团团。倒流河汉入杯盘。

翰林风月三千首，寄与吴姬忍泪看。

◎刘著，字鹏南，号玉照老人。善作诗，与吴激常相酬答。

◎还记得离别时白雪映照山城，羌笛寄离怨。如今几度春秋人已老，酒入愁肠，化作相思泪。我将思念写在纸上，盼你能读懂我的惆怅。

◎初雪

【清】陈钟祥

吹破云心散九州，飞花一瞬白人头。
大同世界怜胡雁，小困书生笑楚囚。
为报清怀须耐冷，暂抛公事不言忧。
见闻南岭梅争发，收拾诗囊趁早游。

◎陈钟祥，字息凡，号抑叟，清朝文人。

◎终于迎来了初雪，整个世界一片白色。不妨暂时放下公事，卸下忧愁，去岭南踏雪寻梅，赏一山冬色。

◎立冬

【唐】李白

冻笔新诗懒写，
寒炉美酒时温。
醉看墨花月白，
恍疑雪满前村。

◎立冬之夜，笔墨都已被冻住。也好，索性与火炉美酒相伴。月亮洒下一地的白光，醉眼迷离，恍惚间误以为雪花已落满人间。

◎癸丑春分后雪

【宋】苏轼

雪入春分省见稀，半开桃李不胜威。
应惭落地梅花识，却作漫天柳絮飞。
不分东君专节物，故将新巧发阴机。
从今造物尤难料，更暖须留御腊衣。

◎熬过寒冬，终于迎来春分。春雪却不期而至，乍暖还寒，天冷需添衣。

◎虞美人·寄公度

【宋】舒亶

芙蓉落尽天涵水，日暮沧波起。背飞双燕贴云寒，独向小楼东畔、倚阑看。

浮生只合尊前老，雪满长安道。故人早晚上高台，赠我江南春色、一枝梅。

◎舒亶，字信道，号懒堂，宋代词人。今存赵万里辑《舒学士词》，存词五十首。

◎我站在小楼东畔倚栏观看，暮色中莲花落尽，江水涌起波澜。感叹短暂浮生在醉酒中老去，长安此时又落满了白雪。期待着与故人再次相见，赠我一枝江南报春的早梅。

◎虞美人·宣和辛丑

【宋】向子諲

去年雪满长安树，望断扬州路。今年看雪在扬州，人在蓬莱深处、若为愁。

而今不恨伊相误，自恨来何暮。平山堂下旧嬉游，只有舞春杨柳、似风流。

◎向子諲，字伯恭，自号芗林居士，宋代词人。词风清远、豪放，在文学创作上深受苏轼的影响。

◎总是期待与你相遇，却一再错过你。如今，只愿你我相遇有期，莫再独留我，回忆往昔。

◎蜡日

【晋】陶渊明

风雪送余运，无妨时已和。
梅柳夹门植，一条有佳花。
我唱尔言得，酒中适何多！
未能明多少，章山有奇歌。

◎陶渊明，东晋诗人，名潜，字渊明，自号“五柳先生”。他是中国第一位田园诗人，被称为“古今隐逸诗人之宗”。

◎风雪送走了冬日剩余的日子，天气开始温暖起来，门前的梅柳与花在迎接着春的到来。我期待着与你把酒言欢，引吭高歌。

◎蝶恋花·密州上元

【宋】苏轼

灯火钱塘三五夜。明月如霜，照见人如画。
帐底吹笙香吐麝，更无一点尘随马。
寂寞山城人老也。击鼓吹箫，却入农桑社。
火冷灯稀霜露下，昏昏雪意云垂野。

◎犹忆杭州元宵夜，灯月辉映，游人如织，一切美得像一幅画。如今身在这寂寞的山城，只有清冷寂寞与空旷苍凉伴着我。

◎蝶恋花·腊雪初销梅蕊绽

【宋】欧阳修

腊雪初销梅蕊绽。梅雪相和，喜鹊穿花转。
睡起夕阳迷醉眼，新愁长向东风乱。
瘦觉玉肌罗带缓。红杏梢头，二月春犹浅。
望极不来芳信断，音书纵有争如见。

◎腊月的雪已渐渐消融，一切光景都是美好的。醉后初醒，我又陷入愁绪。对你的思念让我衣带渐宽。期盼着你的来信，又觉不够，恐怕只有相见才能解我相思之苦。

◎蝶恋花·尝爱西湖春色早

【宋】欧阳修

尝爱西湖春色早。腊雪方销，已见桃开小。
顷刻光阴都过了，如今绿暗红英少。
且趁余花谋一笑。况有笙歌，艳态相萦绕。
老去风情应不到。凭君剩把芳尊倒。

◎曾经最爱西湖的春色，冬雪才消，就已有桃花在枝头绽放。只是这春天就如人生一样短暂，顷刻之间，繁花已尽，人已老。想要趁着这残余的时光，及时行乐。只可惜老来风情已不及年少，只能在酒杯中醉倒。

◎蝶恋花·薄雪消时春已半

[宋]叶梦得

薄雪消时春已半。踏遍苍苔，手挽花枝看。
一缕游丝牵不断。多情更觉蜂儿乱。
尽日平波回远岸。倒影浮光，却记冰初泮。
酒力无多吹易散。余寒向晚风惊幔。

◎春已过半，残雪方消。想要赏春看花，却因一丝离愁扰乱了心情。远望平波，浮光倒影，皆是心事。欲饮一杯酒，以解愁绪，却被晚风吹醒了回忆。

◎蝶恋花·次韵张子原寻梅

[宋] 侯置

雪压小桥溪路断。独立无言，
雾鬓风鬟乱。拂拭冰霜君试看，
一枝堪寄天涯远。
拟向南邻寻酒伴。折得花归，
醉著歌声缓。姑射梦回星斗转。
依然月下重相见。

◎侯置，宋代词人，字彦周，其词清新婉丽。

◎独立桥头，积雪深深。满怀心事却无人诉说，任寒风吹乱发丝。想折一枝梅寄给远方的你，一并送去我的思念。欲与邻居饮酒赏花，酒醉梦回，好在梦中与你再相见。

◎蝶恋花·置酒别公度座间探题得梅

[宋] 舒亶

雪后江城红日晚。暖入香梢，渐觉玲珑满。
仿佛临风妆半面，冰帘斜卷谁庭院。
折向樽前君细看。便是江南，寄我人还远。
手把此枝多少怨，小楼横笛吹肠断。

◎雪后初晴，虽然阳光给这座江城带来了一丝暖意，余寒却未消散。庭院中依旧堆满了积雪，冰凌如帘，挂在屋檐。远在江南的友人寄来一枝梅花，却无法解我的愁肠，思乡之意更浓。

◎蝶恋花·罗袜匆匆曾一遇

［宋］毛幵

罗袜匆匆曾一遇。乌鹊归来，
怨感流年度。别袖空看啼粉污。
相思待倩谁分付。残雪江村回马路。
袅袅春寒，帘晚空凝伫。
人在梅花深处住。梅花落尽愁无数。

◎毛幵，宋代文人，字平仲，号樵隐居士，著有《樵隐集》。

◎曾经匆匆相遇，又匆匆离别。归来后，对你的思念日渐浓郁。骑马踏着残雪回到江村，迎着春寒，伫立凝望。你住在梅花林深处，而此时梅花尽落，独留我怅惘忧愁。

◎蟾宫曲·雪

［元］薛昂夫

天仙碧玉琼瑶，点点扬花，

片片鹅毛。

访戴归来，寻梅懒去，独钓无聊。

一个饮羊羔红炉暖阁，

一个冻骑驴野店溪桥，

你自评跋，那个清高，那个粗豪？

◎薛昂夫，元代散曲家。其散曲以疏宕豪放为主，而豪放中又见华美。题材以傲物叹世、归隐怀古为主。

◎窗外的雪晶莹洁白，如点点杨花，如片片鹅毛。王徽之风雪之夜访戴逵，孟浩然骑驴踏雪寻梅，柳宗元雪中独钓。你能否告诉我，究竟哪个清高，哪个豪放？

◎紫骝马

［唐］李白

紫骝行且嘶，双翻碧玉蹄。
临流不肯渡，似惜锦障泥。
白雪关山远，黄云海戍迷。
挥鞭万里去，安得念春闺。

◎即将远行，去那遥远苦寒的边疆戍守。胯下的骏马却踌躇不前，不肯渡河。它知我不舍佳人，可我却不能留恋这片刻的温柔，只能挥鞭远去，奔赴前线。

◎赴京途中遇雪

【唐】孟浩然

迢递秦京道，苍茫岁暮天。
穷阴连晦朔，积雪满山川。
落雁迷沙渚，饥乌◎集野田。
客愁空伫立，不见有人烟。

◎孟浩然，名浩，字浩然，号孟山人。唐代著名的山水田园派诗人，与王维并称为“王孟”。

◎集：一作“噪”。

◎我走过漫漫长路，远赴京城，却被风雪阻住前路。在这苍茫的旷野中，前后不见人烟，徒留我惆怅迷茫。

◎酬王二十舍人雪中见寄

【唐】柳宗元

三日柴门拥不开，
阶除平满白皑皑。
今朝蹈作琼瑶迹，
为有诗从凤沼来。

◎我已多日没有打开柴门，任石阶上落满皑皑白雪。或许我已习惯了这样的冷清与孤独。可是今日我却格外欢喜，因为我收到了你从远方寄来的诗句。知己不需多，这一刻你已温暖了我的心。

◎醉著

【唐】韩偓

万里清江万里天，
一村桑柘一村烟。
渔翁醉著无人唤，
过午醒来雪满船。

◎乘一叶小舟在这万里清江之上，远处的村落升起袅袅炊烟。且饮一壶酒，醉卧轻舟上。待醒时，已是一舟雪，一江寒。

◎醉花间·晴雪小园春未到

［五代］冯延巳

晴雪小园春未到，池边梅自早。

高树鹊衔巢，斜月明寒草。

山川风景好，自古金陵道，少年看却老。

相逢莫厌醉金杯，别离多，欢会少。

◎园中积雪未消，梅花却早早地绽放，预示着春的到来。既然时光易逝人易老，那就珍惜相聚的每一刻，干了这杯酒吧！

◎踏莎行·雪似梅花

〔宋〕吕本中

雪似梅花，梅花似雪。似和不似都奇绝。

恼人风味阿谁知？请君问取南楼月。

记得去年，探梅时节。老来旧事无人说。

为谁醉倒为谁醒？到今犹恨轻离别。

◎吕本中，宋代词人，字居仁，世称东莱先生，江西诗派著名诗人。其词以婉丽见长，也有悲慨时事、渴望收复中原故土的词作。

◎梅与雪皆是如此绝美，却勾起了我的愁情。还记得曾与你踏雪寻梅，而如今我醉了又醒，醒了又醉，悔恨当初轻易与你离别。

◎踏莎行·雪中看梅花

〔元〕王旭

两种风流，一家制作。
雪花全似梅花萼。
细看不是雪无香，天风吹得香零落。
虽是一般，惟高一着。
雪花不似梅花薄。
梅花散彩向空山，雪花随意穿帘幕。

◎王旭，元代词人，字景初。以文章知名于时，与同郡王构、永年王磐并称“三土”。

◎雪与梅都是冬日最美的风景，一个清香飘零，一个恣意飞舞。谁更胜一筹？这愁坏了古往今来的文人墨客。你究竟更爱哪一个呢？

野望

[唐] 杜甫

西山白雪三城戍，南浦清江万里桥。
海内风尘诸弟隔，天涯涕泪一身遥。
惟将迟暮供多病，未有涓埃答圣朝。
跨马出郊时极目，不堪人事日萧条。

西山戍守之地，终年积雪苦寒。怀念诸弟，天涯之远，音信阻隔。我纵有报国之心，奈何迟暮多病，未有尺寸之功。策马来到郊外，极目远望，看世事萧条，不禁感伤。

◎青玉案·用辛稼轩元夕韵

【宋】刘辰翁

雪销未尽残梅树。又风送、黄昏雨。
长记小红楼畔路。杵歌串串，
鼓声叠叠，预赏元宵舞。
天涯客鬓愁成缕。海上传柑梦中去。
今夜上元何处度。乱山茅屋，
寒炉败壁，渔火青荧处。

◎梅枝上的残雪尚未消融，又迎来一场春雨。还记得曾经的元宵节，载歌载舞，欢畅热闹。如今漂泊天涯，只能在这乱山茅屋中，凄冷地度过元宵节。

◎雪中忆李楫

【唐】王维

积雪满阡陌，
故人不可期。
长安千门复万户，
何处蹀躞黄金羁。

◎最漫长的时间莫过于等待，眼看时光流转，岁月变迁，转眼又到了飘雪的冬季，我却仍未等到你的归来。

◎雪后晚晴四山皆青惟东山全白赋最爱东山晴后雪二绝句

【宋】杨万里

其一

只知逐胜忽忘寒，
小立春风夕照间。
最爱东山晴后雪，
软红光里涌银山。

其二

群山雪不到新晴，
多作泥融少作冰。
最爱东山晴后雪，
却愁宜看不宜登。

◎杨万里，字廷秀，号诚斋。南宋著名诗人，他的诗歌以描写自然景物见长，创造了“诚斋体”。

◎你看群山已悄悄换上了绿衣，我却想抓住这冬日的最后一抹白。我最爱这东山晴后的雪景，可惜只能远远眺望，不可登山近赏。

◎雪夜小饮赠梦得

【唐】白居易

同为懒慢园林客，共对萧条雨雪天。
小酌酒巡销永夜，大开口笑送残年。
久将时背成遗老，多被人呼作散仙。
呼作散仙应有以，曾看东海变桑田。

◎雪夜，我与你小酌对饮，消磨了一夜的时间。世人皆道你我是闲散的仙人，焉知仙人已老，早看过了人世变迁，沧海桑田。

◎雪夜感旧

[宋] 陆游

江月亭前桦烛香，龙门阁上驮声长。
乱山古驿经三折，小市孤城宿两当。
晚岁犹思事鞍马，当时那信老耕桑？
绿沉金锁俱尘委，雪洒寒灯泪数行。

◎忆往昔，半生戎马，身经百战。而如今，壮心犹在身却老。荒村雪夜，寒灯独坐，看着这锈迹斑斑的盔甲和枪戟，不禁黯然神伤。

◎雪梅二首

[宋] 卢梅坡

其一

梅雪争春未肯降，
骚人阁笔费评章。
梅须逊雪三分白，
雪却输梅一段香。

◎其二

有梅无雪不精神，
有雪无诗俗了人。
日暮诗成天又雪，
与梅并作十分春。

◎卢梅坡，宋朝诗人，擅长写绝句、植物，极其喜爱梅花，以两首雪梅诗留名。

◎《全宋诗》认为这首诗是方岳所作的《梅花十绝》中的第九首。

◎请原谅我的贪心，我既爱雪的三分白，也爱梅的一段香。你看，日暮、诗成、雪天、梅花，我最爱的都在这里。这一刻，我是一个最幸福的人。

◎雪望

〔清〕洪升

寒色孤村幕，悲风四野闻。
溪深难受雪，山冻不流云。
鸥鹭飞难辨，沙汀望莫分。
野桥梅几树，并是白纷纷。

◎洪升，字昉思，号稗畦。清代戏曲作家、诗人，与《桃花扇》作者孔尚任并称“南洪北孔”。

◎寒风肆虐，这一片孤村被笼罩在严寒之下。大雪纷飞，已然分不清桥边的梅与雪，整个世界一片纯白。

◎霁雪

【唐】戎昱

风卷寒云暮雪晴，
江烟洗尽柳条轻。
檐前数片无人扫，
又得书窗一夜明。

◎戎昱，唐朝现实主义诗人。其诗语言清丽婉朴，题材上多写边塞戎旅和秋思送别。

◎又名《韩舍人书宿残雪》。

◎日暮时分，雪后初晴，眼前的风景让人沉醉。一灯如豆，你却放不下手中的书卷。

◎朝中措·夜来听雪晓来看

[宋]朱敦儒

夜来听雪晓来看，惊失却尘寰。
摇撼琼林玉树，心疑身是仙官。
乘风缥缈，凌空径去，不怕高寒。
却被孤鸿相劝，何如且在人间。

◎朱敦儒，宋代词人，字希真。有“词俊”之名，“洛中八俊”之一。其词作语言流畅，清新自然。

◎雪已落了一夜，眼前的世界纯白晶莹，犹如仙境。恍惚间，我仿佛就是那乘风而去的仙人，若不是有孤鸿相劝，又怎会留恋人间？

◎朝中措·腊穷天际傍危栏

[宋] 李之仪

腊穷天际傍危栏，密雪舞初残。
表里江山如画，分明不似人间。
功名何在，文章漫与，空叹流年。
独恨归来已晚，半生孤负渔竿。

◎李之仪，宋代词人，字端叔，自号姑溪居士。擅长作词，前人称其"多次韵"小令更长于淡语、景语、情语。

◎凭栏远望，漫天飞雪，这千里江山如在画中。曾经追逐功名，写遍文章，再回首时年华已逝。不如归隐垂钓，享半生清闲。

◎朝中措·萧萧芦叶暮寒生

【宋】张抡

萧萧芦叶暮寒生，雪压冻云平。
密洒一篷烟火，惊鸿飞起沙汀。
收纶罢钓，空江有浪，短棹无声。
便是天然图画，何须妙手丹青。

◎张抡，宋代词人，字才甫，自号莲社居士。好填词，每应制进一词，宫中即付之丝竹。

◎暮色来临，寒意渐浓，晚风吹起一片芦叶，暮雪压低了阴云。你点起一星渔火，惊起了几只大雁。收起钓鱼线，在寂静的江面上无声划着渔舟。这一切都美得像是一幅画。

◎冬夜送人

【唐】贾岛

平明走马上村桥，花落梅溪雪未消。
日短天寒愁送客，楚山无限路迢迢。

雪

残雪凝辉冷画屏，落梅横笛已三更，更无人处月胧明。我是人间惆怅客，知君何事泪纵横，断肠声里忆平生。

◎浣溪沙·残雪凝辉冷画屏

【清】纳兰性德

◎送崔子还京

【唐】岑参

匹马西从天外归，
扬鞭只共鸟争飞。
送君九月交河北，
雪里题诗泪满衣。

旷

◎霁雪

［唐］戎昱

风卷寒云暮雪晴，
江烟洗尽柳条轻。
檐前数片无人扫，
又得书窗一夜明。

古邨